Alfred DUBOUT Fils

QUELQUES VERS

PROLOGUE

L'OMBRE D'UN PREUX — SONNET

GODEFROI DE BOUILLON — HISTOIRE D'UN CRIME

MARIE STUART

BOULOGNE-SUR-MER

IMP. VEUVE CH. AIGRE, 4, RUE DES VIEILLARDS.

—

1879

QUELQUES VERS

Alfred DUBOUT Fils

QUELQUES VERS

BOULOGNE-SUR-MER

IMP. VEUVE CH. AIGRE, 4, RUE DES VIEILLARDS.

1879

AU LECTEUR

AU LECTEUR

PROLOGUE

Poëte ou romancier, tout auteur est un pître :
— Mangin met son plumet et d'un ton éclatant
S'en va dans tout Paris prêcher son boniment ;
Phœbus court au journal se tailler un épître ;
L'un vante ses crayons, l'autre vante son titre :
Chacun, pour sa réclame, use de son talent.
Car, le fait est certain, pour que l'on vous connaisse,
On ne peut trop crier, ni trop battre la caisse.
Dans ce vaste bazar où nous nous agitons,
La victoire est toujours du côté des poumons.

Voilà pourquoi, lecteur, ma peau d'âne était forte,
Mon casque plein d'éclairs, et, pour automédon,
Ayant à mes côtés, Dentu, Lemerre ou Plon,
Je suis venu pousser mon char devant ta porte.
— Et ne crois pas surtout que, ridicule et plat,
J'aille te rabâcher le discours ordinaire,
Te faire miroiter mon livre et son format,
Et crier : Qui prendra le dernier exemplaire ?

Non pas ! je connais mieux ma vieille humanité !
L'ancien jeu ne va plus — son truc est éventé.
Me prôner et m'offrir ? Témérité ! sottise !
Le public craint l'éloge ; et, pour que l'on vous lise,
Il faut être aujourd'hui moins loué qu'éreinté.
Malheur à qui n'a pas l'excellente fortune
De rencontrer d'abord quelque honnête grincheux,
Qui, dénonçant à tous votre plume importune,
Donne à tous le désir de juger du fâcheux !
— Un bon éreintement vaut seul un patrimoine !
Demandez à Zola son avis là-dessus :
L'*Assommoir* assommé se porte comme un moine,
On eut crié : bravo ! qu'il n'existerait plus !

Or donc, ami lecteur, — puisqu'aujourd'hui la mode
Est qu'on s'appelle ami, quand même au premier vers —
Si tu veux me complaire observe ma méthode :
Attaque-moi d'estoc, de pointe, de revers !
Crie à l'assassinat, au vol, à l'incendie !
De par sainte Grammaire et sainte Prosodie,
Fait descendre sur moi ta malédiction !
Que la foule à ta voix se rassemble empressée,
Et, proclamant le nom du livre nouveau-né,
Annonce à tous qu'il est détestable et damné !
D'ailleurs — à t'avouer franchement ma pensée —
Ce rôle, à mon égard, est facile à remplir,
Et, sans me dérober sous un masque hypocrite,
Quand tu verras à nu tout mon petit mérite

Je crains bien à tes yeux d'avoir fort à rougir !
Car je ne suis, hélas ! Musset ni Lamartine !
La plupart de mes vers n'ont pas encor vingt ans :
Et c'est les pleurs aux yeux que ma muse enfantine
Entendra publier ses premiers bégaiements !
— Ainsi, lorsque portant son urne à la fontaine,
La vierge de Syrie, aux lourds cheveux d'ébène,
Sous les verts tamarins et les acacias,
Fait de sa jeune voix retentir les éclats —
Elle suspend soudain la note commencée,
Si, troublée et surprise et la gorge oppressée,
Elle a vu, qu'au milieu du feuillage indiscret,
En souriant, là-bas, un témoin l'écoutait !

Je comprends qu'une muse encore à peine éclose
Ait cet air de pudeur et de timidité
Qui colore son front des rougeurs de la rose ;
Mais, Dieu ! que je suis loin d'en tirer vanité !
Car ce siècle n'est pas le siècle des vestales,
La vogue a cessé d'être aux candeurs virginales,
Et la simple pudeur paraît avoir vécu :
C'est ainsi que Vesta s'est changée en rosière,
Le grand prêtre Flamen en pompier de Nanterre,
Et, qu'à seize ans, l'enfant échappant à sa mère,
Les yeux peints au pastel et le sein dévêtu,
Aux accents animés d'une valse légère,
Court sous la girandole effeuiller sa vertu !
Or, par malheur, ma muse est encor jeune fille,

Et dans le tourbillon des danseurs entassés,
Tu ne la verra pas, les jupons retroussés,
Gaiement lever le pied et la jambe à Mabille.

Oui ! c'est là, je l'avoue un très-grave défaut :
Il faut en notre temps ne pas se montrer prude,
Estimer la décence un moyen d'être absurde
Et, sautant d'un trottoir ou montant en landau,
Savoir hausser sa robe — ô hasard plein d'étude ! —
Par-dessus la cheville et même un peu plus haut !
Il faut savoir rouler la brune cigarette,
Faire un carambolage et chanter l'opérette,
Conduire un phaëton, connaître un peu *Carver*
Et dire avec l'accent : *Turf, Canter* et *Stepper*.
Il est aussi requis que parfois l'on se grise :
Cet hommage à Clicquot est d'un excellent ton ;
Cela prouve, après tout, que l'on est sans façon,
Et qu'on sait préférer, chose aujourd'hui permise,
La coupe de champagne au bénitier d'église.
Il faut surtout nommer les choses par leur nom :
Appeler *pante* un *pante* et *cochon* un *cochon*,
Crier : *zut !* et jurer comme *Mes-Bottes* jure,
Savoir comment pousser à fond une aventure
Exploiter un scandale, et, d'un procès bien gras
Que le public se met sous la dent en pâture
Retirer sans faillir et d'un seul tour de bras
Un beau renom de vice ou.... des certificats.
Il faut suivre le siècle en quel lieu qu'il vous porte !

Et ne pas s'étonner si, marchant de la sorte,
On se réveille un jour souillé, les pieds dans l'eau....
Car tout âge a sa pente impérieuse et forte,
Et la nôtre, dit-on, aboutit au ruisseau.

Ma muse n'étant pas d'une humeur chiffonnière
Lecteur, pourra paraître et bien fade et bien chère !
Pense-y donc : trois francs ! exactement le prix
Que l'on vend chez Brebant les huîtres à Paris !
C'est chèrement payer quelques pauvres poëmes,
Quelques pièces sans nom, quelques sonnets boiteux,
Des odes en sixtains, une élégie ou deux,
Ou riment — ô trouvaille ! — *extrêmes* et *suprêmes* !

N'aimerais-tu pas mieux une glace ou des crêmes ?

Et sais-tu qui tu vas rencontrer là-dedans ?
Ah ! ce n'est ni *Rollâ* — *Namounâ* — 'dône *Elvire* !
Ni le doux *Jocelyn* qui bénit et soupire !
Ni les *Feuilles d'Automne* — encore à leur printemps !
Lamartine et Musset ne sont qu'un peu de cendre,
Hugo siège au Sénat, si bien que dans Tempé,
Leur trône à chacun d'eux est maintenant à prendre,
Et ce n'est point par moi qu'il doit être occupé !

Ce que je puis t'offrir est autrement modeste :
Une ode *à la Concorde*, une ode *à Godefroi*,

D'autres odes encore à je ne sais plus quoi,

Du malheureux *Jeannot* l'aventure funeste,

L'Indien *Chactas* pleurant la perte d'*Atala !*

Le *Cuirassiers de Wœrthe*, un mot sur la *Colonne,*

Quelques quatrains tournés, que Dieu me les pardonne !

Pour le plus grand honneur d'un mythe au nom d'Ida.

Beaucoup d'*ombres*, de *fleurs*, de *soupirs*, de *pensées,*

Une *pêche à la ligne,* un *discours sur Rizzio,*

Une réunion de choses insensées !

Bref — pour parler sans phrase — un pur méli-mélo.

Mais il est temps de clore ici le catalogue !

D'ailleurs j'ai fait assez pour gâter mon prologue !

Encore un mot pourtant, lecteur, c'est pour ton bien.

Avant de m'acheter, songe, réfléchis bien :

Un libraire n'est pas tout à fait un paillasse,

Il n'a ni son habit brillant d'or et de strasse,

Son brio, son aplomb, sa verve, son audace,

Ni surtout, ô lecteur ! son cœur noble et clément,

Et, chez lui, que tu sois content ou mécontent,

Le volume payé — l'on ne rend pas l'argent.

Décembre 1878.

L'OMBRE D'UN PREUX

*Cette pièce a obtenu une Mention Honorable au Concours de Poésie
de l'Académique des Jeux Floraux de Toulouse en 1874.*

L'OMBRE D'UN PREUX

ODE

Compaing Roland, sunez vostre olifant.
(Chanson de Roland.)

Perdu dans les détours d'une forêt profonde,
Le soir vint arrêter ma course vagabonde,
Les astres commençaient à parsemer le ciel,
Et la reine des nuits brillait pâle et sereine,
Lassé, je m'étendis, près du tronc d'un grand chêne,
    Invoquant le sommeil.

Le vent qui gémissait dans les toits de feuillage,
Où le pas effrayé d'une biche sauvage
Troublaient seuls dans la nuit le mystère des bois,
Quand soudain, par l'écho reproduit en cadence,
Le son strident d'un cor, — au milieu du silence,
    Vint retentir trois fois :

Je frémis et mes yeux interrogèrent l'ombre :
Un homme se tenait debout dans la nuit sombre,
Un casque armait son front — un javelot en main —
Les flancs étaient couverts d'une cotte de maille,
Ses genoux étaient nus, et pendait à sa taille
    Une trompe d'airain.

Je crus en contemplant, ce farouche visage,
Avoir devant les yeux la mâle et rude image,
D'un de ces fiers guerrriers dont les bras autrefois,
Prompts à brandir la hache, à lancer la framée,
Ont jusques à nos jours contraint la renommée
    De chanter leurs exploits.

Je veux parler — mais lui, d'une voix plus puissante :
« Connais-moi — me dit-il — je suis un de ces trente
« Que jadis le grand Charles a choisi pour ses pairs ;
« En nous voyant passer les Francs baissaient la tête,
« Et l'ennemi disait : fuyons — car la tempête
    Va gronder dans les airs.

« Le Danube et le Rhin nous ont vu vingt années :
« D'un seul bond nous avons franchi les Pyrénées,
« Sombres monts où sonna la trompe de Roland.
« Le sol de Germanie a nourri nos cavales,
« Et nos guerriers ont fait dénouer leurs sandales
    « Au Lombard insolent.

« Mais pourquoi vous parler de ces héros antiques !

« Laissons, laissons dormir leurs augustes reliques !

« Le sol qui les reçut les conservera mieux

« Que le cœur amolli de ces hommes de France

« Dont l'orgueil a traité de fable ou de démence

   « Les faits de leurs aïeux !

« Renégats de l'honneur, courez au sein des fêtes !

« De parfums et de fleurs qu'on couronne vos têtes !

« Sans relâche cherchez et les jeux et les ris !

« Videz dans les festins la coupe de l'ivresse,

« Chantez, riez, dansez, vivez dans l'allégresse,

   « Vous n'êtes plus nos fils.

« Tous les cent ans un doigt vient soulever ma tombe

« Et je sors contempler comment un peuple tombe,

« Comment l'abîme s'ouvre et gronde sous ses pas !

« Aujourd'hui j'ai versé des larmes sur la France,

« Elle marchait hier droit à la décadence,

   « Maintenant au trépas !

« Que n'avez-vous suivi l'exemple de vos pères !

« Chevaliers, ils laissaient les chansons aux trouvères !

« La danse à l'histrion, les livres au docteur !

« La chasse et les combats étaient leur apanage,

« Ils s'étaient réservé pour vertu — le courage !

   « Et pour drapeau — l'honneur !

2

« Que vous avez changé de mœurs et de vaillance !

« Au seul bruit d'une épée, ou au seul bruit d'une lance

« Nos enfants ressentaient un plaisir inconnu !

« Leurs mains faibles encore en essayaient l'étreinte,

« Et vous, fils dégradés, vous pâlissez de crainte

       « A l'aspect d'un fer nu !

« Et quand il faut combattre ! Et quand l'appel aux armes

« Vient vous prendre tremblants au sein de vos alarmes

« Et changer vos festins, en marches, en combats,

« Le péril vainement ressuscite vos âmes,

« Il est trop tard — déjà vous n'êtes que des femmes,

       « Et non plus des soldats !

« Qu'ils étaient beaux ces jours de la chevalerie !

« Quand les cors, le matin, joyeuse sonnerie !

« Réveillaient les échos et les hôtes des bois !

« La troupe des chasseurs s'élançait frémissante,

« Les piqueurs haletants lâchaient la meute ardente,

       « Sur le cerf aux abois !

« Entendez-vous au loin la fanfare qui sonne ?

« De nos grands lévriers, chasseurs, la voix résonne,

« Allons de nos épieux percer le jeune faon,

« Tandis que chevauchait sur leurs housses de soie,

« Les dames lanceront sur la fuyante proie,

       « Le rapide faucon !

« Tels étaient les plaisirs et les jeux de vos pères —
« Louis, Charles, Roland, ces héros dont naguères,
« Le monde célébrait les exploits et le nom,
« Et ce chef qui, briguant l'autorité suprême,
« Armé d'un glaive, seul, dans la sanglante arène,
        « Terrassait un lion !

« O vous qui descendez de ces guerriers sublimes !
« Revenez, revenez à leurs nobles maximes !
« Efforcez-vous encor d'imiter leurs vertus !
« Que la France aujourd'hui leur rende cet hommage,
« Et dans leurs froids tombeaux, les preux du moyen âge
        « Ne la pleureront plus ! »

Il cessa de parler — je l'écoutais encore :
Mais déjà dans les cieux apparaissait l'aurore,
Déjà l'oiseau chantait le retour du matin,
Les astres s'éteignaient sous la voûte étoilée ;
Le preux sonna trois fois du cor dans la vallée,
        Et disparût soudain.

Avril 1873.

SONNET

Cette pièce a obtenu une Mention Honorable au Concours de poésie de l'Académie des Jeux Floraux de Toulouse en 1874.

SONNET

Rosa Mystica.

Quand le bouton s'ouvrant aux rayons du matin
Découvre, radieux, à l'œil de la nature,
La fleur que vient baiser le zéphyr incertain,
Sur le frêle rameau dont elle est la parure.

On voit les papillons, tendre et brillant essaim,
L'abeille, qui butine ou la rosée est pure,
Avides de puiser les trésors de son sein,
S'empresser autour d'elle avec un doux murmure.

Ainsi quand à l'abri du temple solitaire,
Rose aux parfums trop purs, pour être de la terre,
Tu t'ouvris et fleuris, timide, en ce bas lieu,

Les pasteurs et les rois devant toi s'inclinèrent,
Et, descendus des cieux, les anges se penchèrent,
Sur la fragile fleur où se cachait un Dieu.

Avril 1873.

GODEFROI DE BOUILLON

—

Cette pièce a obtenu une Mention honorable avec diplôme au Concours de Poésie de la Société Académique de Boulogne-sur-mer en 1875.

GODEFROI DE BOUILLON

ODE

Il fu nez el regne de France, à Boulogne
seur la mer, de hautes genz et religieuses.
(*Vieille traduction de Guillaume de Tyr.*)

I

Soudain de l'Orient un cri vengeur s'élève !
Babel tremble au désert'; Tyr gémit sous sa grève !
Au Sinaï, la foudre éclate avec fracas !
Et Sion, où la croix fait place au cimeterre,
Tressaille d'espérance, à la voix du Calvaire,
    Appelant l'Europe aux combats !

Ainsi, quand de l'archange au Très-Haut infidèle,
Michel, armé de Dieu pour la sainte querelle,
S'en alla renverser les bataillons pervers,
Les anges à sa voix se levèrent en foule,
Plus nombreux que les flots que la tempête roule
    Sur le sein écumant des mers ;

Tels, prompts à s'élancer aux premiers cris d'alarmes,
Des Alpes jusqu'au Rhin les Francs ont pris les armes !
Ducs aux riches blasons, barons aux flancs d'acier.
Serfs et vilains, partout on s'agite, on se lève !
L'un vend au Juif impur son foyer pour un glaive,
        L'autre, un château pour un coursier !

Eh ! qu'importe à ces preux leurs terres féodales,
Leurs donjons où le vent vient briser ses rafales !
N'auront-ils pas là-bas un domaine plus beau,
Lorsque, vainqueurs, leurs bras, du Christ que l'on opprime,
Auront, sur le croissant renversé dans Solime,
        Reconquis le sacré tombeau !

« Dieu le veut ! Dieu le veut ! » — Cette clameur profonde
Court des cimes des cieux aux entrailles du monde !
Le Musulman l'entend approcher et grandir !
« Dieu le veut ! » C'est le cri de géante mémoire !
« Dieu le veut..., au combat ! Dieu le veut... à la gloire !
        Croisés à la mort du martyr ! »

Puis, le regard fixé vers la terre promise,
Nouveaux Hébreux, guidés par un nouveau Moïse,
Ils vont... leurs légions grossissant chaque jour !
Tel un roc détaché du haut de la montagne
Tombe, roule, bondit, et, roi dans la campagne,
        S'appelle montagne à son tour !

Au bruit retentissant de ces hordes guerrières,
Brûlantes d'enfoncer le pied de leurs bannières
Dans les murs asservis aux lois du Sarrasin,
Charlemagne a quitté sa tombe impériale,
Et César, se dressant dans les champs de Pharsale,
            César les salue en chemin !

Oui ! Salut à vous tous, soldats des temps épiques !
Vous qui, pour conquérir de lointaines reliques,
Avez semé vos morts du Danube au Cédar !
Vous, qu'un dur gantelet prit du sein de vos mères,
Qui, pour berceaux, aviez les écus de vos pères,
            Et pour langes un étendard !

Salut à toi, Raimond ! A ta vaillante épée
Dans le sang Musulman rougie et retrempée !
A toi, Baudoin ! A toi, comte de Vermandois,
Hugues !... dont tout un peuple ébloui de la gloire,
A, du surnom de Grand, décoré la mémoire,
            Rivale de celle des rois !

Salut à vous, soldats de l'invasion sainte !
Au sol oriental votre gloire est empreinte !
Mais avant tous, salut, à ce guerrier pieux !...
A ce Comte, à ce Franc, dont l'illustre bannière
Domine tous les fronts, ainsi qu'une aigle altière
            Qui plane au plus profond des cieux !

Vainqueur de Mahomet, c'est toi qui dans l'abîme
A poussé du genou l'oppresseur de Solime !
Toi, qui jetas aux pieds de ton blanc palefroi
Le turban dont l'émir avait paré sa tête !
Toi, qui fis tressaillir l'ombre du vieux prophète
    A ton nom seul, ô Godefroi !

II

Ah ! quand tous ces pachas, ces sultans — foule avide —
Entraînaient sur leurs pas, de la plaine Numide,
Ces enfants du désert qu'un ardent soleil mord ;
Quand, formés en croissant, les sombres infidèles
Marchaient vers les Croisés, étendant leurs deux ailes
    Pour un sanglant baiser de mort !

Toi, Godefroi, tranquille au sein de ta phalange,
Tu regardais venir cette cohue étrange ;
Peuples bariolés de cent mille turbans !
Puis, jetant dans les airs le cri de délivrance,
Tu t'élançais, suivi des chevaliers de France,
    Sur les cohortes des sultans !

Tout pliait devant toi !... Dans l'ardente mêlée
Rien ne ralentissait ta course échevelée !
Et les traits que guidait l'œil du noir Africain,

Et la lance du Maure, et ces lames fameuses,
Dont Damas seule armait les hordes ténébreuses,
        S'émoussaient sur ton flanc d'airain !

Oui ! plus grand, ô guerrier, que ces héros d'Athènes
Dont le temps a grandi les prouesses lointaines !
Plus grand que Thémistocle et que Léonidas,
Tu frappais, et soudain émirs et janissaires
Fuyaient, comme un troupeau de gazelles légères
        Devant un lion de l'Atlas.

Car ton regard jetait la flamme et l'épouvante !
Car ton glaive fauchait cette moisson vivante
Comme le montagnard les épis du Carmel !
Car, sur la croupe en feu de ta noble cavale,
L'ennemi pensait voir, de sa dague ducale,
        Combattre encor Charles Martel !

III

O champs de Dorylée ! O murs d'Antiochette !
Et toi, ville déchue où pleura le prophète,
Reine de l'Orient et du monde autrefois,
Où David a tendu la harpe qui console,
Et qui reçut du ciel pour sceptre et pour symbole,
        O Jérusalem, une croix !

Lieux sacrés, si longtemps souillés par l'infidèle !
Vous, que vint éclairer une aurore nouvelle,
A l'aspect du guerrier qui sut vous conquérir,
Sur vos fronts dénudés, laissez passer les âges,
Laissez vieillir le monde et gronder ses orages,
    Dormez, vous ne pouvez mourir !

On oubliera Palmyre ! on oubliera Ninive !
Athène, on oubliera ta grande ombre plaintive
Et tes fils tombés morts aux champs de Marathon ;
Tes fils, qui t'ont sauvé du glaive ou de la chaîne,
Peut-être ne pourront, dans une ère prochaine,
    De l'oubli défendre ton nom !

Oui ! l'on vous oubliera Platée et Salamine !
Mais on n'oubliera pas le nom de la colline
Où, parmi des tronçons de yatagans brisés
Par les pieds des chevaux heurtés dans la poussière,
Godefroi, qu'entourait sa légion guerrière,
    Planta l'étendard des Croisés !

Va ! sur ton nom, ô chef, rayonne une auréole
Qui, mieux que le sépulcre immense de Mausole,
Défend ton souvenir de la rouille des temps !
Car lui n'a pour gardien dans ses sables arides,
Que les sphinx étendus au pied des Pyramides,
    Toi, le cœur de tes descendants !

Et si, dans la Cité par le sang d'un Dieu teinte,
Jadis tu ne souffris que ta tête fut ceinte
Du diadème d'or sacrant ton nom de roi ;
Nous, de tant de hauts faits admirateurs fidèles,
Nous saurons à jamais, de palmes immortelles,
  Orner le front de Godefroi !

Car tu nous appartiens ! Ta gloire est notre gloire !
Le Tasse, en te chantant sur sa lyre d'ivoire,
Avec toi nous a mis au rang des plus fameux.
Et, quand on veut parler de ces rudes batailles
Où chaque homme prenait corps-à-corps les murailles,
  On nous cite parmi les preux !

IV

Et toi dont le soleil, dans un baiser suprême,
Semble, au déclin du jour, de la ville qu'il aime,
Par un dernier rayon embraser le front pur !
Toi, qui plus fraîche encor que la fraîche rosée,
Sur notre plage, un jour, fus par l'onde posée
  Ainsi qu'une perle d'azur !

O Boulogne ! ô cité pour nos âmes si chère !
Lève ! lève ton front jusqu'où l'aigle a son aire !
Tous, nous te saluons, ville de Godefroi !

Toi, qui donnas jadis, en un jour de conquête,
Un chef à la Croisade, un vainqueur au Prophète,
A toi, Jérusalem, un roi !

26 Octobre 1874.

HISTOIRE D'UN CRIME

Cette pièce a obtenu la Médaille d'or au Concours de Poésie de la Société
Académique de Boulogne-sur-mer en 1879

HISTOIRE D'UN CRIME

—

POÈME

Jeune ou vieille une femme a toujours un caprice !
— Enfant, ce sont les fleurs, les oiseaux, les bonbons,
Quelque belle poupée aux yeux bleus, au front lisse,
Qu'on adore et revêt de splendides chiffons.
— Vingt ans paraît ! vingt ans, ce beau magicien rose,
Qui fait naître l'amour, comme l'aube la rose !
Adieu poupée, oiseaux ! Les salons lumineux
Le bal et ses succès, ses soupirs, ses aveux
Font rougir et rêver la jeune fille éclose
Au rayon matinal d'un regard amoureux !
— Plus tard c'est un mari ! Puis, on pardonne aux mères,
Les enfants, ces jouets délicats et charmants !
— Mais l'âge arrive enfin semant ses cheveux blancs
Sous les rubans discrets des nobles douairières ! —
— Voilà donc pour le coup tout caprice enterré ?
Non ! le caprice est là, vivant, toujours le même ;
Il n'a qu'un peu changé son extrait de baptême
Et s'appelle le « Whist » ou « Monsieur le curé. »

Or, ma sœur blonde enfant et demoiselle en herbe,

Avait, en fille d'Eve et suivant le proverbe,

Un caprice ! — Un caprice ! et lequel ? direz-vous.

Ce n'était ni chiffons, ni bonbons, ni joujoux,

Ni gros bébés joufflus, tels qu'on nous peint les anges,

Mais — ne souriez pas, j'en sais de plus étranges —

Un tout petit lapin que Ralph, un soir d'été,

Avait d'un champ voisin à nos pieds rapporté.

Il était si mignon ! si gentil ! si timide !

Ma sœur, presque pleurant, le prit sous son égide,

Gronda Ralph et plaignant le sort de l'orphelin

Qui grelottait de peur dans le creux de sa main

Jura le cœur ému de lui servir de mère.

Il fallu baptiser ce nouveau locataire :

On l'appela Jeannot. — Jeannot ! pauvre Jeannot !

C'est moi qui lui donnai ce nom, moi qui bientôt....

Hélas ! —

          Jeannot d'abord fut traité comme un prince.

Ma sœur lui reconnut le château pour province.

Il fut admis partout ! eut toute liberté !

Nul soin n'était de trop pour cette Majesté

Et même on dit qu'un soir, en cachette, ô scandale !

Jeannot, Ralph et ma sœur soupèrent dans la salle.

Lui, modeste pourtant au sein de tant d'honneurs,

Suivait paisiblement la pente de ses mœurs,

Et, sans toucher aux fleurs qu'on lui jetait par bottes,

Se faisait des régals de thym et de carottes.

Il préférait au lait l'eau d'un ruisseau bien clair !

Ce qui ne l'empêchait d'avoir bon ton, bel air,

Le poil propre et luisant, de porter droit l'oreille

D'être en son genre enfin, une simple merveille !

Souvent Jeannot jouait avec son épagneul.

Car, bien que chien, mon Ralph n'y mettait point d'orgueil.

C'est ainsi qu'il advint qu'après une partie,

O douleur ! on trouva Margot presqu'aplatie,

En chemise et dessous son berceau renversé

Avec le nez en moins et l'avant-bras cassé !

C'était un crime affreux et qui criait vengeance !

Ralph fut jugé coupable et mis en pénitence.

Je voulus protester — mais l'on me récusa !

Ralph fit donc sa prison.

               — A quelque temps de là

Jeannot ayant un an, recevait pour sa fête

Un beau collier de perle avec une clochette.

Tout allait bien ! trop bien ! car depuis j'ai noté

Combien il fallait craindre un bonheur entêté.

Quand un matin — j'étais alors en rhétorique —

Un billet ceint de noir, bref, ému, pathétique

M'apprit l'événement : — Jeannot était perdu !

Ou ? quand ? comment ? quelqu'un l'avait-il entrevu ?

L'imprudent était-il tombé dans la rivière ?

Un voisin — à la dent friande et sanguinaire —

Aurait-il perpétré cet horrible attentat

De se servir Jeannot, cuit à point, sur un plat !

Aurait-il fui l'ingrat !....

               — Ignorance et mystère ;

Ralph lui-même ne put que gémir et se taire !
Pour moi bientôt l'étude eut calmé ma douleur,
Et, quand au bout de l'an, fier de mon prix d'honneur,
Je revins au château jouir de ma victoire
J'avais presque oublié Jeannot et son histoire.

Un jour — c'était je crois vers la fin de septembre —
A l'heure où le soleil commence à redescendre,
Je chassais. Le bon Ralph auprès de moi quêtait,
Fouillait avec ardeur buisson, oyat, genêt,
Arrêtant tour à tour et perdreaux et lièvres
Et lapins endormis à l'ombre des genièvres !
Chasseur novice encore et partant très-nerveux,
Plus ferré sur le grec que sur mon Lefaucheux
Tressaillant à tout bruit, tremblant d'impatience,
Je tirais et manquais avec persévérance !
Bref, j'étais menacé d'un insuccès complet
Quand de nouveau mon chien soudain tombe en arrêt !
La queue au vent, l'œil fixe, immobile, superbe,
Fascinant du regard un point caché dans l'herbe,
Il attend !... Pour le coup mon triomphe est certain !
Je m'avance et me place et dis : Pile ! — un lapin
S'élance comme un trait. J'épaule vise, tire....
Le fuyard est atteint—il culbute—Il expire !
O fortune ! ô bonheur ! En croirai-je mes yeux ?
J'ai mon lapin ! Nemrod lui-même eût-il fait mieux ?
Déjà mon épagneul court ramasser la proie :
Mon cœur bat — et je sens mon front pâlir de joie.

Un bond, un seul encore et Ralph va le saisir !
Et mon carnier béant s'apprête à l'engloutir !
Mais quoi ! Ralph hésitant près du lapin s'arrête —
Le flaire — puis vers moi revient, baissant la tête !
Que veut dire ?.. . J'approche.... et, d'horreur confondu,
Je reconnais Jeannot à mes pieds étendu.

D'un aveugle destin déplorable victime
Le triomphe espéré se trouvait être un crime !

Hélas ! si j'avais pu douter de mon malheur !
Si j'avais pu, jouet d'un mirage trompeur,
Traiter ce noir tableau de rêve ou de chimère !
Mais à quoi bon vouloir me cacher ma misère !
C'était bien là Jeannot ! même il avait encor,
Autour du cou roulé, ce collier aux fils d'or
—Dernier lambeau d'un temps rempli d'heures bénies —
Où pendaient tristement quelques perles ternies !

Sur la mousse odorante, une touffe d'oyat
Croissait, non loin du lieu du funèbre attentat
J'y transportai Jeannot et ma main meurtrière
Sous son ombre creusa sa demeure dernière.

Que vous dirai-je ?... Ralph n'eut pas un long chagrin :
Après tout ! —pensait-il—ce n'était qu'un lapin !

Et maintenant, messieurs, si parfois il vous semble
Que mon œil est moins sûr et qu'aussi ma main tremble
Ne soyez pas surpris d'un fait trop constaté :
Je crois toujours tirer Jeannot ressuscité !

Mai 1878.

MARIE STUART

AUX MEURTIERS DE RIZZIO

———

Cette pièce a obtenu une Médaille en vermeil avec Mention honorable au Concours de Poésie de la Société Académique de Boulogne-sur-mer en 1879.

MARIE STUART

AUX MEURTRIERS DE RIZZIO

FRAGMENT DRAMATIQUE

———

(Les seigneurs Ecossais conjurés, après avoir fait irruption dans l'appartement de la Reine, se précipitent sur David Rizzio qu'ils entraînent dans une salle contigue, où ils le percent de cinquante-six coups de poignard).

(La scène suivante a lieu quelques instants après le meurtre).

Marie Stuart, qui s'était d'abord évanouie, reprend peu à peu ses sens pendant que Rutven parle.

RUTVEN.

(A la Reine)

. . . .

. . . .

. . . .

. . . .

Bref, Madame, Rizzio nous avait outragés ;

Il est mort, tout est dit et nous sommes vengés.

(Aux conjurés)

Et nous, Messieurs, courons annoncer au royaume,

Que l'espion des Guise et l'allié de Rome

Condamné par l'Ecosse est tombé sous nos bras.

— Allons.

(Les conjurés font un mouvement pour se retirer, la Reine se jette devant eux et les bras étendus, leur barre le passage).

LA REINE.

Pardon, Messieurs ! vous ne sortirez pas !
Quoi ! dague au poing et m'enchaînant sous votre étreinte
Sans respect, sans merci, j'aurais été contrainte,
Moi femme et souveraine à voir votre fureur
S'assouvir sous mes yeux dans cette nuit d'horreur !
Plus tremblante, plus pâle encor que la victime,
Vous m'auriez fait subir le spectacle du crime !
Et, baignés de mes pleurs et rougis de son sang,
Vous vous seriez soustraits ensuite au châtiment !
Comme ces assassins dont la main est vendue,
Attendant, l'œil au guet, que la nuit soit venue,
Vous vous seriez glissés en armes jusqu'à nous,
Puis, quand ensanglanté, percé de mille coups,
Vous auriez, à vos pieds, vu Rizzio sans parole,
Essuyant votre dague humide sur l'épaule,
Vous vous seriez enfuis, heureux de son trépas...
Eh bien non, Messieurs ! vous ne sortirez pas !
— Il faut bien, à la fin, désarmer tant d'audace !
Il faut bien que, courbés sous ma juste menace,
Vous n'alliez pas, vantant votre témérité,
Publier votre crime et son impunité !
Ah ! je sais à quels noms s'attaque ma colère :
La France les connaît, l'Espagne en serait fière,
Et, dans l'essaim flatteur de ses hauts courtisans,
Jamais Elisabeth n'en compta de plus grands !
Mais qu'importe le nom ! qu'importe la puissance !
Qu'importe que ce soit ma noblesse en démence

Qui, s'armant à l'envi pour un lâche attentat,
Ait prêté ses poignards à cet assassinat :
— Un crime blasonné n'en est pas moins un crime !
Et, puisque vous avez voulu tenter l'abîme,
Frémissez ! car dussè-je y tomber avec vous,
Aidé du ciel, ce bras vous y plongera tous !
Malheur à ceux qui m'ont enseigné la vengeance !
Je veux qu'en apprenant le meurtre et votre offense,
Le monde puisse voir demain en s'éveillant,
Près du forfait grandir l'ombre du châtiment.
— Dieu ! quelle trahison et quelle forfaiture !
Quand sur l'émail brillant d'un glaive ou d'une armure,
Un seul instant la rouille a su poser la dent
Rien ne l'efface ! et sur son miroir éclatant,
L'acier garde à jamais la souillure d'une heure ;
Ainsi, vous avez pu violer ma demeure,
Surprendre ou massacrer mes gardes sur mon seuil,
Et, pareils à ces flots à l'assaut d'un écueil,
Ecumants vous jeter sur un homme sans armes ;
Vous avez pu, bravant et ma voix et mes larmes,
De vos durs gantelets souffleter à la fois,
La majesté du trône et la grandeur des rois,
O seigneurs ! mais plutôt que de vos armoiries,
Laver ce signe impur qui les montre flétries,
Vous iriez, de vos mains teintes d'un sang vermeil,
Au fond du firmament effacer le soleil !

O Rutven ! ô Lindsey ! ô Kerr ! ô Ballentine !

Et vous, Douglas ! et vous, Darnley ! triste ruine
Des superbes maisons de Lennox et d'Angus,
Comment jusqu'au poignard êtes-vous descendus ?
N'avez-vous donc jamais songé dans la nuit sombre,
A vos aïeux couchés dans leurs caveaux pleins d'ombre?
Sont-ce là leurs leçons ? — Sont-ce là leurs exploits ?
Quand, d'une main de fer guidant leurs palefrois,
Ils vous menaient jadis sur les champs de bataille,
Vous montraient à porter une cotte de maille,
A manier la lance, à dompter un coursier,
A commander en chef, à combattre en guerrier
C'est qu'ils savaient ces preux, noble race endormie,
Qu'un grand nom vit de gloire et qu'il meurt d'infamie !
Ah ! si de l'avenir perçant le voile épais,
Ils avaient pu prévoir quels seraient vos hauts faits !
S'ils avaient vu leurs noms sacrés par le génie,
S'abîmer dans la honte et dans l'ignominie,
Comme ils vous auraient tous reniés et maudits !
Et comme, détournant la tête avec mépris,
Ils auraient à vos yeux brisé dans leur colère,
Sur leur genou d'acier, le glaive héréditaire !

O Rizzio ! toi qui meurs pour avoir trop aimé !
Rizzio ! ton holocauste est enfin consommé.
Dors ! et loin du tumulte et du fracas du monde,
Rizzio, doux serviteur, que ta paix soit profonde.
Et vous, les meurtriers ! ah, combien je vous plains !
De celui qui n'est plus enviez les destins

Son supplice est fini, mais le vôtre commence !
Et ta justice, ô Dieu, sera notre vengeance !

Holyrood ! Holyrood ! palais majestueux !
Tombe et berceau des rois ! sois propice à mes vœux :
Par le brillant soleil qui t'embrase et te dore !
Par mes pères couchés sous ta crypte sonore !
Par le saint vénéré, protecteur de ton seuil !
Par tes jours de triomphe et par tes jours de deuil !
Holyrood ! Holyrood ! sur ta muraille humide,
Garde-moi bien ce sang ! — Que le Forth et la Clyde,
Les lacs et les torrents, la mer, blanche de flots,
Sans pouvoir l'effacer y promènent leurs eaux.
Et qu'on puisse à jamais, sombre objet d'épouvante,
La nuit, voir aux clartés d'une lune mourante,
A laver cette tache ensanglantant leurs mains,
Sur ce marbre courbés des spectres d'assassins !

Novembre 1878.

TABLE

—

BOULOGNE. — IMP. VEUVE CH. AIGRE, 4, RUE DES VIEILLARDS.